JOSEPH v. WESTPHALEN

Lametta Lasziv

EIN KLEINER FESTLICHER ROMAN

HAFFMANS VERLAG

Umschlagbild und Buchschmuck von
Michael Sowa

Erstausgabe

Satz: Fotosatz Michel, Gießen
Herstellung: Offizin Andersen Nexö, Leipzig
ISBN 3 251 00346 1

Inhalt

1. Der seltsame Juwelier 7

2. Der Colonel salutiert. 11

3. Lamettas Lehrjahre 15

4. Beim brüllenden Literaturkritiker 20

5. Der schöne Ferdinand 28

6. Der Untergang der Welt 33

7. Der gute Ruf 39

8. Gier nach Geld 47

9. Beim masochistischen Brauereibesitzer 50

10. Der unbelehrbare Belehrer 54

Epilog 58

1. Der seltsame Juwelier

»Noch einmal, bitte noch einmal!« Die Augen des Juweliers wurden eng vor Begierde, seine Tränensäcke strafften sich. Er wußte, betteln half nichts bei dieser Frau. Bloß nicht flehen, kein Jammerlappen sein. Also bat er, so männlich wie möglich: »Nur noch einmal, bitte.« Er griff in die Jackeninnentasche und nestelte nach einem Geldschein. Einen Hunderter war ihm die Zugabe wert.

Doch sie winkte ab. »Laß den Blauen stecken, ich mach es dir heute umsonst.« Sie nahm alle Kraft zusammen, es fiel ihr nicht leicht, sie mochte es nicht. Sie ekelte sich fast davor. Sie beherrschte es perfekt, aber nicht immer mag man, was man kann.

Es gab Schlimmeres. Sie betrachtete den Juwelier. Ein netter, alter Mann, der in Erwartung der Wonne mit offenem Mund atmete. Er sollte seinen Spaß haben. Er kam aus Dresden. 1945 alles zerstört. Der ganze Schmuck aus dem Laden weg. Ein Vermögen verloren. Nur den kleinen Safe hatte er nachher aus den Trümmern bergen können. Mit den Diamanten war er nach Frankfurt am Main gegangen und hatte eine neue Existenz aufgebaut. 1955 hatte er schon den ersten Mercedes verdient. An der sächsischen Heimat hing er noch immer. Es gab nun keine Grenze mehr in Deutschland, aber mit seinen 78 Jahren würde er nicht mehr zurückgehen.

Sie schluckte, holte Luft, brachte Zunge und Unterkiefer in die richtige Position und beugte sich, fast lieblich lächelnd jetzt, zum Juwelier. Dann schloß sie die Augen, dachte an ihren Vater, der auch aus Dresden war und als Offizier der Grenztruppe in Frankfurt an der Oder Dienst getan und dort im März 1965 Lametta gezeugt hatte. Sie hörte seine Stimme. Er sprach so sächsisch, daß ihn seine Soldaten nicht verstanden, seinen Befehlen nicht gehorchten, und er nicht befördert wurde. Die Tochter dieses Mannes schürzte nun die Lippen, nahm alle Kraft und alle Erinnerung an die dumpfen Laute der Vatersprache zusammen – und dann sagte sie es: »Lameddah Lasziv.« Sächsischer ging es nicht. Der Vater wäre begeistert gewesen.

Mehr war nicht zu tun. Ein Leuchten ging über das Gesicht des Juweliers. Zwei große Tropfen quollen aus seinen Augen. Tatsächlich, er weinte vor Glück. Er küßte ihr die Hände, sie fuhr ihm über den kahlen Kopf und sagte liebevoll, aber jetzt wieder ohne Dialektfärbung: »Mein Dresdner Lustmolch.«

Der Juwelier brauchte nicht mehr. Seit 1993 kam an Weihnachten Lametta ins Haus, Lametta Müller, geboren am 24. Dezember 1965 in Frankfurt an der Oder, nach Auflösung der DDR bald nach Frankfurt am Main gekommen, wo es ihr erst gut, dann weniger gut und schließlich sehr gut ging.

»Wie soll ich es bloß ein Jahr lang ohne dich aushalten?« Der Juwelier seufzte. »Ganz einfach, mein Molch, du freust dich auf mich«, sagte Lametta. Sie hatte bereits ihren Mantel an und winkte ihm zu: »Also dann, bis zum nächsten Jahr!« Als sie in der Tür war, drehte sie sich um und sagte noch einmal, so sächsisch wie möglich, was den alten Sachsen so selig machte: »Ich bin und bleibe deine Lameddah Lasziv.« – »Ja!« schrie der Juwelier heiser, warf ihr einen Ring zu, und Lametta ging. Sie hatte heute noch einiges zu erledigen. Der brüllende Literaturkritiker, der perverse Umweltsteinpilz und der masochistische Brauereibesitzer mußten noch besucht werden.

Sie fuhr mit dem Lift ins Erdgeschoß und ging mit schnellen Schritten zu ihrem Auto. Andere gut verdienende Callgirls fuhren elegante Sportwagen. Wieder andere kleine Jeeps. Es gab Kunden, die zu einer vollen Erektion nur in der Lage waren, wenn sie die Ankunft der Callgirls vom Fenster aus beobachten konnten. Und sie mußten dann aus erregenden Autos steigen. Lametta hatte sich auf solche Sonderwünsche nicht eingelassen. Einen Kunden hatte sie verloren, weil der sie gebeten hatte, mit einem Trabbi vorzufahren. Das waren die Westdeutschen. Sie mußten sich überlegen fühlen.

Das kam für Lametta nicht in Frage. Sie machte manches mit. Man durfte in diesem Gewerbe nicht zimperlich sein. Man mußte schon mal das verhaßte Sächsisch sprechen, wenn ein Kunde das unbedingt wollte. Aber einen Trabbi fahren, das ging zu weit.

Sie warf ihren kleinen Koffer mit den nötigen Utensilien auf den Rücksitz ihres unauffälligen Golf. Der Wagen war dunkelgrau. Es durfte kein silberner Wagen sein. Nicht, wenn man als Lametta unterwegs war. Man durfte nicht übertreiben. Ferdinand hatte ihr zu diesem Auto geraten. Ferdinand war ihr Freund und Ratgeber. Ihr Retter. Ohne Ferdinand würde sie vermutlich noch immer bei der telefonischen Reiseauskunft der Bundesbahn für Anrufer die günstigsten Verbindungen von Offenbach nach Mannheim und von Bad Homburg nach Zwickau heraussuchen.

2. Der Colonel salutiert

Im Auto sah Lametta erst auf die Uhr, dann auf ihre Kundenliste. Es war erst fünf Uhr nachmittags. Sie lag gut in der Zeit und brauchte nicht zu hetzen. Als nächster war der brüllende Literaturkritiker dran. Er hatte Temperamentsausbrüche und stampfte dabei immer mit dem Fuß auf. Kein einfacher Kunde, denn nicht nur er wollte etwas von Lametta, Lametta wollte auch etwas von ihm. Sie würde sich konzentrieren müssen. Dann kam der dicke Umweltmann aus Sachsenhausen. Total verdrehter Typ. Sah aus wie ein Steinpilz.

Im vorigen Jahr war um die Zeit der alte britische Colonel mit seinem Expeditionsschnurrbart an der Reihe gewesen. Den alten Gentleman hatte Lametta aus ihrer Kundenkartei gestrichen, denn er war im Laufe des Jahres gestorben. Sie dachte mit gemischten Gefühlen an die Besuche bei ihm zurück. Sie hatte nicht viel tun müssen.

Der Colonel hatte nach dem Krieg eine deutsche Baronin mit viel Geld geheiratet. Er wohnte in einer alten Villa in Wiesbaden. In der hohen Eingangshalle stand der große Christbaum. Seit seine Frau gestorben und die Erbschaft flüssig geworden war, flohen die längst erwachsenen Söhne und Töchter des Colonels mit ihren Ehehälften oder Geliebten an Weihnachten nach Marokko, Mauritius, auf die Malediven, nach Tasmanien,

Tahiti oder Tansania. Die Enkelkinder waren weniger reiselustig, blieben zurück und ließen sich vom englischen Großvater ein deutsches Weihnachten ausrichten.

An den letzten drei Weihnachten war Lametta vom Colonel gerufen worden. Sie hatte gegen halb sechs kommen müssen. Über einen Seiteneingang betrat sie das Haus, ging in den ersten Stock und von dort unbemerkt auf die Galerie über der Eingangshalle. Dort wartete sie auf das Signal – kein kitschiges Weihnachtsgebimmel, sondern ein ungewöhnlicher Sirenenton. Daraufhin griff sie in einen bereitgestellten Sack mit breitem Speziallametta und warf mit vollen Händen den leichten metallischen Flitter in die Halle hinunter, wo er wie silberner Schnee auf Christbaum und Gabentisch liegenblieb. Die Kinder schrien von Begeisterung. Der Colonel blies erst in eine kleine Trompete. Dann sollte Lametta, so sah es das Protokoll des Colonels vor, langsam und verführerisch wie Rita Hayworth die breite Treppe in die Halle hinunterschlendern. Zu diesem Auftritt beziehungsweise Abgang mußte sie eine altmodische, taillierte Fliegerjacke aus braunem Leder tragen, die ihr der Colonel besorgt hatte, ein schickes Stück, das sie auch sonst gern trug. Dazu ertönte eine ungewöhnliche Fassung des bekannten Weihnachtslieds »Stille Nacht, heilige Nacht« im Marschrhythmus, befremdlich anzuhören, aber wenigstens nicht süßlich.

Der Colonel salutierte kurz und sagte zu seinen Enkelkindern: »Da habt ihr eure Bescherung!« Die Kinder machten sich über ihre Geschenke her, befreiten sie von dem Silberschnee und packten sie aus, der Colonel schob Lametta generös lächelnd Geldscheine in die Tasche der Fliegerjacke, küßte ihr die Hand, sagte »Madame«, salutierte – und Lametta war in fünfzehn Minuten um fünftausend Mark reicher geworden.

Dann hatte sie durch einen dummen Zufall ein Buch über den Zweiten Weltkrieg in die Hände bekommen. In dem Kapitel »Luftkrieg« hatte sie gelesen, daß ihr lieber, netter, lustig mit seinen Enkeln spielender Colonel einer der leidenschaftlichsten Bomberpiloten gewesen war. Er hatte schon damals gut Deutsch gesprochen und soll bei jedem Angriff gerufen haben, was er noch heute feurig rief: »Da habt ihr eure Bescherung!« Um die Flugabwehr der Nazis zu stören, wurde unmittelbar vor und während des Angriffs massenhaft Stanniolpapier abgeworfen. Während die hauchdünnen Metallstreifen zu Boden flatterten, konnten die Flugzeuge von den Funkpeilgeräten der Flugabwehr nicht geortet werden und so in Ruhe ihre Bomben abwerfen. In den Wäldern um die bombardierten Städte herum lag noch lange nach dem Krieg der Silberschnee der Alliierten.

Es war zwar das abscheuliche Nazideutschland, das damals in Schutt und Asche gelegt wurde, trotzdem fand es Lametta etwas daneben vom Colonel, diese Handlung an Weihnachten symbolhaft nachzuvollziehen und sich dabei in freudige Erregung hineinzusteigern. Sie hatte bei der Erfüllung von normalperversen Sonderwünschen ihrer Kunden selten ernsthafte Bedenken und lebte von dem, was in ihrer DDR-Schulzeit warnend als »dekadente Verfallserscheinungen des Kapitalismus« bezeichnet worden war – sie lebte gern davon und nicht schlecht. Doch dem zynischen Colonel als Handlangerin zu dienen war ihr anfangs nicht ganz leicht gefallen. Jetzt, wo der gute Mann tot war, dachte sie mit Wehmut an seinen seltsamen Bombentick, der ihr rückblickend weniger geschmacklos als frivol vorkam.

Aber es war vergleichbar lukrativ für Lametta, mit einem Ökostrip einen Grünen heiß zu machen oder sich bequem mit dem Taxi von Frankfurt nach Zürich fahren zu lassen, wo ein Uhrenfabrikant dreißigtausend harte Schweizer Franken bezahlte, wenn sie sich ihm mit Lametta im Schamhaar präsentierte, das ihr zuvor von einem schwulen Haar- beziehungsweise Hairstylisten in einer anderthalbstündigen Sitzung kunstvoll eingeflochten worden war. Ein angenehmer Mensch. Der schwule Schamhaarstylist. Der Uhrenfabrikant auch. Sie ließ sich nicht nur bewundern von ihm. Er durfte mit ihr machen, was er wollte, und er machte es gut.

Der Verkehr in der Frankfurter Innenstadt wurde von Jahr zu Jahr dichter. Sogar am Weihnachtsnachmittag waren die Leute hektisch unterwegs. Lametta sah auf die Uhr. In zwanzig Minuten hatte sie einen Termin beim brüllenden Literaturkritiker. Sie bog von der verstopften Schnellstraße ab. Auf Schleichwegen würde sie ihr Ziel rechtzeitig erreichen.

3. *Lamettas Lehrjahre*

Eigentlich hieß sie Helga Müller. Weil sie an Weihnachten auf die Welt gekommen war, wurde sie bald Lametta genannt. »Lameddah«, sagte der sächsische Vater. Lametta nennt der neckische Volksmund auch die blinkenden Orden auf der Brust und die glitzernden Rangabzeichen an den Schultern der Soldaten. Der Vater, der nicht befördert worden war und keine Orden besaß, witzelte mit einer für einen Offizier erstaunlichen Selbstironie: »Nu hab ich endlich ooch e Lameddah!« Gutgelaunt hob er das krähende Töchterchen hoch und küßte es.

An ihrem ersten Geburtstag, am 24. Dezember 1966, machte Lametta ihrem Kosenamen alle Ehre. Verwandte aus dem Westen hatten ein Paket geschickt. Wie immer hatten die Zöllner einige Schätze entnommen. Neben einer Tafel westdeutscher Billigschokolade waren die vier Packungen mit Lametta unberührt. Das Westlametta hatte eine bessere Qualität als das Ostlametta. Es enthielt Blei. Im Osten waren es, mehr noch als im Westen, der Boden und die Abwässer in den Industriegebieten, die Blei enthielten. Das Ostlametta war leicht, es fiel nicht elegant, es flatterte windig und wenig weihnachtswürdig am Baum. Klein Helga zupfte in unbeobachteten Minuten die kostbaren Silberstreifen aus den Tüten, zerriß und zerbiß und zerknautschte den Flitter und schrie vor Vergnügen. Die Mutter kam, nahm ein paar übriggebliebene Fäden und schlug damit dem Kindchen auf die Finger.

Helga, genannt Lametta, Müller war ein hübsches Kind. Viele hübsche Kinder verlieren ihre Grazie, wenn sie in die Pubertät kommen. Schon vor dem Erwachsensein werden ihre Figuren plump, und der Zauber verfliegt. Lametta aber verlor ihre gute Figur nicht. Aus ihren langen dünnen Mädchenbeinen wurden lange schlanke Frauenbeine mit eleganten Fesseln. Die elegantesten Fesseln, die es je in Frankfurt an der Oder gegeben hatte. Aber keiner in dieser Stadt bemerkte es. Ob Schultern, ob Po, ob Busen – alles an Lametta Müller war gelungen. Sie war eine Schönheit, die nicht ins Auge fiel. Im Westen wäre sie von einem Privatfernsehsender eingestellt worden, um mit eindrucksvoll übereinandergeschlagenen Beinen Studiogäste zu empfangen. Im Osten fiel es ihr nicht schwer, Freunde und Liebhaber zu finden. Doch sie alle wußten Lamettas ideale Maße nicht zu schätzen.

Lametta war gänzlich unverklemmt. Sie hatte keine Probleme mit der Lust. Die große Liebe aber kannte und vermißte sie nicht. Vielleicht deswegen. Sie war weder dumm noch klug, verließ mit sechzehn die Schule und ging ins Hotelfach. »Politik interessiert mich einen Scheißdreck«, sagte sie jedem ins Gesicht.

Als sie in einem Ostberliner Nobelhotel das Zimmer eines abgereisten japanischen Geschäftsmanns machte, entdeckte sie, daß in den Luxuszimmern die Möglichkeit bestand, Pornofilme anzuschauen. Sie setzte sich auf die Bettkante, vergaß ihre Arbeit, betrachtete den Film und masturbierte anderthalb Stunden lang. Der Hoteldirektor suchte und ertappte sie, drohte ihr den Rausschmiß an, es sei denn, sie machte mit ihm das, was die Frauen im Film mit den Männern machten, nämlich genau so seinen Schwanz zu lutschen.

Lametta öffnete sofort die Hose des jungen Hoteldirektors. Der Mann gefiel ihr, seit sie ihn kannte, und noch mehr gefiel es ihr, ihn weich und gefügig zu machen. Er schloß die Augen und stöhnte wie die Männer im Film. Allerdings sah er besser aus. Er hatte keinen schwammigen rötlichen Oberkörper wie die nonstop fickenden Amimänner im Film. Auch Lametta sah besser aus als die mit hoher Stimme stöhnenden Amifrauen. Ihr Haar war nicht gefärbt, ihre Stimme tiefer und ihre Locken waren echt. Als sich, enttäuschend temperamentlos, die Ejakulation des Hoteldirektors ankündigte, er sein Sperma, wie die Männer im Film, auf Lametta Müllers Busen spritzte, und sie die Sauce, wie die Frauen im Film, andächtiger auf ihrem Dekolleté verstrich als eine teure Antifaltencreme, wurde er, anders als die Männer im Film, rasch kalt und sachlich, erhob sich und sagte: »Los, an die Arbeit!« – »Nicht ehe du mit mir das gemacht hast, was die zwischen den Beinen der Frauen machen«, sagte Lametta zu ihrem erstaunten Liebhaber. Der Ton gefiel ihm, und er gehorchte gern.

Der Hoteldirektor war ein Dummkopf, ein Karrierist. Er liebte Lametta, doch gierte er nicht nur nach ihrem Köprer, sondern auch nach der Anerkennung seines Stasimajors, den er mit Informationen beliefern zu müssen glaubte. Bald schon sollte Lametta Westgäste verwöhnen und ihnen Geheimnisse entlocken. Das war sein Plan. Er hatte unterschätzt, daß Lametta der Lust gehorchte und nicht dem Staat, daß sie klug genug war, um den Klassenfeind für ein Gespenst zu halten. »Ich glaube nicht an Gespenster«, sagte sie zum Hoteldirektor, wenn sie mit ihm im Lift stand, griff ihm zwischen die Beine, prüfte die Entwicklung seiner Erektion wie eine erfahrene Ärztin, die kurz den Puls des Patienten fühlt – und sekundenlang kamen dem Hoteldirektor Zweifel an seinem ideologischen Eifer.

Lametta horchte ihre Westgäste nicht aus. Das hätte sie als Verrat an der Liebe empfunden. Sie stopfte die Münder der Männer mit Küssen, ließ sich beschenken, und wenn sie von sich aus berufliche Sorgen und damit kapitalistische Betriebsgeheimnisse zu verraten begannen, flüsterte sie ihnen die Wahrheit ins Ohr: »Hat mein geiler Specht noch nie etwas von den kleinen Mikrophonen gehört, die man Wanzen nennt?«

Als im November 1989 die Mauer geöffnet wurde, bekam der Hoteldirektor vor Schreck keine Erektion mehr zustande. Lametta fuhr jetzt öfter nach Westberlin, ging auf dem Kurfürstendamm spazieren, genierte sich für ihre ostdeutschen Landsleute, weil sie so ungehemmt Südfrüchte kauften und in Beuteln mit sich herumschleppten. Sie genierte sich auch, weil sie sich genierte, und weil sie die Delikatessen des Westens von ihren Verehrern immer mitgebracht bekommen und keinen Mangel gelitten hatte. Sie freute sich, weil ihre Beine auf dem Kurfürstendamm anders zur Geltung kamen als im alten Ostberlin. Als sie von einem Privatfernsehjungmann angesprochen wurde, ob sie in der Sendung »Das 89er Lifestylefeeling der Neuen Ostberlinerin« auftreten wolle, schlug sie ihm die harte Handtasche ins Gesicht – *Made in the USSR*, Moskauer Modell, Mitbringsel des Vaters. »Solche Wichser wie dich«, rief sie dem Schnösel zu, »hat unser System jedenfalls nicht hervorgebracht.«

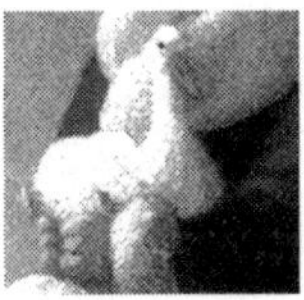

4. Beim brüllenden Literaturkritiker

Während Lametta ihren dunkelgrauen Golf durch die verstopfte Frankfurter Innenstadt steuerte, freute sie sich auf den brüllenden Literaturkritiker. Die Session würde wie immer unterhaltsam werden. Da piepte ihr neues, türkisgrünes transportables Telefon. Wenn das alberne Gerät, das sie sich erst vor wenigen Wochen zugelegt hatte, sinnvoll war, dann in ihrem Beruf. Es war leider nicht Ferdinand, es war der Literaturkritiker, der jetzt nicht sein vitales Gebrüll ertönen ließ, sondern leise ächzte. Seine Frau war nicht zu bewegen, das Haus zu verlassen und eine Freundin zu besuchen. Er würde Lametta also in einem Hotel treffen müssen. Er nannte eine feudale Adresse. Lametta war verärgert. »Scheiße, bei dem Verkehr«, schimpfte sie, »hätten Sie das nicht früher klären können?«

»Ich bin auch ganz lieb zu dir«, flötete der Literaturkritiker.

»Sie sollen mich siezen«, sagte Lametta, nutzte eine Lücke in der Gegenspur und wendete gegen alle Regeln. Die anderen Autos hupten wütend. Ein Polizist pfiff und fuchtelte und forderte sie auf, an den Rand zu fahren. Sie kurbelte das Fenster herunter und rief ihm zu: »Ich bin Drogenberaterin. Ein Junkie ist am abnibbeln!« Der Polizist grüßte.

An der Hotelrezeption sagte Lametta, was sie mit

dem Literaturkritiker ausgemacht hatte. »Ich bin mit Thomas Mann verabredet.« Der Herr an der Rezeption verzog keine Miene. Entweder war das Personal vollkommen diskret oder vollkommen verblödet. »Herr Mann erwartet Sie auf Zimmer 1022«, sagte er, »gleich im ersten Stock links«, und Lametta überlegte sich, wie der schöne dunkle Typ reagieren würde, wenn sie sich vorbeugte, ihn küßte, ihm die Zunge in den Mund schöbe, mit einem Arm über den Tresen faßte und ihren Erketionsprüfgriff anwendete.

Der Literaturkritiker sah nur kurz von der Zeitung auf, als sie, ohne zu klopfen, das 950-Mark-Zimmer betrat. Lametta, die vor kurzem das Abitur nachgemacht hatte und nun mit Literatur ein bißchen Bescheid wußte, sagte: »Ich dachte immer, Thomas Mann bestellt sich Knaben aufs Zimmer. Wie ist der Sinneswandel zu verstehen?«

»Moment noch«, sagte der Literaturkritiker, vertiefte sich in die kiloschwere Weihnachtsliteraturbeilage einer großen Zeitung, schüttelte den Kopf, nahm die kiloschwere Weihnachtsliteraturbeilage einer anderen großen Zeitung zur Hand und verglich hin und her. »Unglaublich!« sagte er.

Lametta räusperte sich. »Die Zeit läuft«, sagte sie. Das war dem Literaturkritiker egal. Ehe er sich Lametta und der reinen Lust widmete, mußte er erst kontrollieren, ob seine Kritiken und Weihnachtsgeschenkbuchtips von den Redaktionen gekürzt oder entstellt worden waren und wie die anderen Kritiker die Bücher beurteilten, die er empfohlen oder verworfen hatte; ob sie ihn imitierten, hofierten, plagiierten, parodierten oder ob sie es riskierten, ihm zu widersprechen. Ferner mußte nachgeprüft werden, ob die Verlage seine Donnerworte in ihren Anzeigen gebührend, und leider nicht gebührenpflichtig, zitierten. Zu Hause konnte er diese Kontrolle nicht durchführen. Jedenfalls nicht in Gegenwart seiner Frau. Sie machte sich lustig über seine Eitelkeit, und das ertrug er nicht. »Erst die Arbeit, dann die Liebe«, sagte er nur. Nach etwa fünf Minuten warf er die Zeitungen zufrieden beiseite. Er war in den großen Literaturbeilagen öfter und mit mehr Respekt erwähnt worden als jeder Autor. Gegenüber dem Vorjahr eine Erwähnungszunahme von fast zwanzig Prozent. Sein Stern war im Steigen. »Jetzt bin ich für dich da«, sagte er zu Lametta.

Sie korrigierte ihn ungeduldig. »Merken Sie sich endlich: Wir duzen uns nicht! Wenn Sie mich duzen wollen, zahlen Sie das Doppelte. Außerdem bin ich ja wohl eher für Sie da.«

»Grausames Kind«, sagte er und seufzte. Dann öffnete er eine altmodische Aktentasche. »Ziehen Sie sich jetzt bitte aus«, sagte er, während er in einem Haufen von Papieren herumsuchte. Lametta trug ein schwarzes Samtkleid. Sehr kurz, hochgeschlossen, lange Ärmel. Ferdinand mochte es. »Mein Maulwurf«, sagte er, wenn sie es trug. Sie entschlüpfte dem Kleid blitzschnell. Der Literaturkritiker legte auf eine kunstvolle Entkleidung keinen Wert. Er suchte noch immer in seinen Papieren und achtete nicht auf sie. Dennoch mußte er aus den Augenwinkeln bemerkt haben, daß sie nicht gänzlich nackt war. »Das Höschen«, mahnte er. Lametta schob ihre schmalen, langen Finger wie Spezialinstrumente seitlich unter den winzigen Bund des Höschens, spannte es von den Hüften weg und streifte das kleine Stück Stoff ab.

»Ich beginne«, sagte der Literaturkritiker. Er räusperte sich und rückte mit seinem Stuhl etwas näher an die splitternackte Lametta heran. Sie würde dasselbe Ritual über sich ergehen lassen müssen wie im vorigen und im vorvorigen Jahr. Diesmal allerdings würde sie ihn überraschen. Er war aufgeregt, schniefte und schluckte, rutschte hin und her und sagte: »Ich bitte Sie, ich beschwöre Sie!«

»Ich weiß doch«, sagte Lametta, »strengste Vertraulichkeit. Sie können sich darauf verlassen. So wahr ich aus Frankfurt an der Oder komme.« Sie lächelte ihm aufmunternd zu. Nur sie kannte das Geheimnis: Der Literaturkritiker schrieb an einer Autobiopornographie. Eine neue, gewagte Gattung, eine brisante Unternehmung, ein literarisches Experiment. Was die deutschen Dichter nicht schafften – er würde es ihnen zeigen: wie man Liebesszenen schreibt.

»Fangen Sie doch einfach an«, sagte Lametta mit ihrer wärmsten Stimme, »ich höre.«

Der Text schilderte wieder eine angeblich wirkliche Begegnung des Literaturkritikers mit einer jungen Dichterin, mit anschließender Verführung durch den

Kritiker. Wieder war von den vollen Lippen, den herrlichen Brüsten und den blanken Augen der Dichterin die Rede. Er konnte es nicht lassen. Lametta war kaum in der Lage, dem Kitsch zuzuhören und dachte an Ferdinand. »Wie finden Sie es?« fragte der Literaturkritiker.

»Besser.« Lametta seufzte geheimnisvoll. »Viel besser als im vorigen Jahr.«

»Wirklich?« brüllte der Literaturkritiker. Die Abmachung war einfach. Seine Autobiopornographie sollte erregend sein. Nur ein erregender Text sei ein guter Text. Da war etwas dran, fand Lametta. Auch Ferdinand fand das. Nur: Was ist ein erregender Text? Der Literaturkritiker hatte die Lösung gefunden: Wirklich erregend sei ein Text dann, wenn, wie er formulierte, »eine Zuhörerin nicht anders kann als Hand an sich zu legen, um sich selbstbefriedigend Erleichterung zu verschaffen«. Erst dann war ein Text reif genug, um veröffentlicht zu werden. Er bestellte und bezahlte Lametta fürs Zuhören. Sie schien ihm unbestechlich. So wahr sie aus Frankfurt an der Oder kam. Die letzten beiden Male hatte sie nackt dagesessen, ihn wie einen Unhold angestarrt und kein Zeichen einer erotischen Anteilnahme zu erkennen gegeben. Der Literaturkritiker hatte das schweren Herzens akzeptiert und weiter an der Vervollkommnung seiner Verführungsdarstellungen gearbeitet.

Diesmal aber begannen Lamettas Augen zu glänzen, sie waren fast so blank wie die Augen der jungen Dichterin, die er einst hier in diesem Hotel ohne Erfolg zu verführen versucht hatte. Aufgeregt las er weiter, wie sich die Lippen der Dichterin einladend öffneten und die reichbewimperten Augenlider sich schlossen.

»Ja!« rief Lametta heiser. Der Literaturkritiker blickte von seinem Text auf und traute seinen Augen nicht. Seine schöne nackte Zuhörerin hatte den Mund leicht geöffnet und die Augen geschlossen. Nicht nur das. Während er langsam weiterlas und immer wieder aufsah, schoben sich Lamettas hübsche lange Finger langsam und entschlossen in ihr Schamhaar, der Mittelfinger öffnete zielsicher die Lippen der Scheide und tastete sich weiter. »Weiter!« seufzte sie, weil der Literaturkritiker mit dem Lesen aufgehört hatte. »Bitte, lies weiter, es ist so gut.« – Sie hatte ihn geduzt. Sie mußte von Sinnen sein vor Lust.

Während der halbstündigen Lesung legte Lametta drei ansehnliche und waschechte Orgasmen hin. Sie hörte einfach nicht zu und dachte an Ferdinand. Sie hatte noch nie Schwierigkeiten gehabt, den berühmten Höhepunkt zu erreichen. Sie brauchte niemandem eine Ekstase vorzuspielen.

»Jetzt ist mein Buch reif!« Der Literaturkritiker hüpfte vor Freude, als die Lesung beendet war. Er tanzte wie ein Rumpelstilzchen im Hotelzimmer auf und ab und küßte Lametta die Hand. Sie war gerührt und bat, ihm noch einen Tip geben zu dürfen.

»Ja! Nur zu!«

Die Episode ließe sich womöglich noch mehr steigern, schlug Lametta vor, wenn er die Verführung nicht allein mit seinen erotischen Qualitäten begründete, sondern auch ein bißchen mit seiner Macht.

Der Literaturkritiker unterbrach seinen Rumpelstilzchentanz und musterte Lametta mißtrauisch. »Wollen Sie damit sagen, ich hätte diese Dichterin nur gewonnen, weil sie sich von mir gute Kritiken erhoffte?« fragte er.

Jetzt halfen nur Wahrheit und Angriff. Lametta, noch immer nackt, ging auf den unsicher gewordenen Mann zu, drückte ihren rechten Oberschenkel zwischen seine Beine, als wollte sie Tango mit ihm tanzen, und sagte leise: »Macht ist doch geil. Das darfst du nicht aussparen. Berechnung und ein bißchen Erpressung sind doch scharf. Wenn du schreibst, wie du deine Macht bei der Verführung ausnützt, wird es noch besser. Noch erregender.« Lametta stöhnte, wie es sich für ihren Beinamen »Laszív« gehörte. »Dann wirst du als Rousseau des zwanzigsten Jahrhunderts in die Literaturgeschichte eingehen«, sagte sie.

Das saß. Erschlagen vor Befriedigung, wachsweich und zugänglich wie am Ende einer langen Nacht versank der Literaturkritiker im Sessel und streckte glücklich die Füße aus. Lametta setzte sich mit gespreizten Beinen auf seinen Schoß und zupfte an seinen fetten Ohrläppchen.

»Apropos Erpressung«, sagte sie, »ich bin immer für dich da, mein lieber Jean-Jacques, nicht nur zur Weihnachtszeit, aber du wirst ein für allemal auf mich verzichten müssen, du wirst nie mehr die erotisierende

Wirkung deiner erstaunlichen Worte auf mein Lustzentrum erleben dürfen, wenn...«

»Wenn was?« sagte er matt vor Angst, seine einzigartige Zuhörerin zu verlieren. »Ich mache, was du willst!«

»Wenn du noch länger die Bücher des von mir hochverehrten Ferdinand von Wien ignorierst«, sagte Lametta und zog ihn an den Ohren. Ihr Opfer war keine Vierzig und fett wie ein Schwein. Seine Augen, sonst böse, stechend, eingebildet, waren jetzt milde und hilflos. »Wer ist das?«

»Du kennst Ferdinand von Wien nicht?« schrie Lametta. Aus ihrer Zeit als Ostberliner Hotelhostess wußte sie, wie man mächtige Männer ohrfeigt, und wie das hilft. Es klatschte laut. Sie zog ihr schwarzes Samtkleid über und diktierte die Bedingungen: Der Literaturkritiker wird noch in den Weihnachtsfeiertagen Ferdinands Bücher lesen, sie so bald wie möglich in seriösen Medien angemessen würdigen und Ferdinand als lang verkannte Entdeckung preisen. Wenn Ferdinand nicht bis Ende Januar der Held des Feuilletons sei, habe der Kritiker Lametta Laszív das letzte Mal gesehen.

Lametta ging, ohne sich umzudrehen. Den großen Weihnachtsbaum in der Hotelhalle hätte sie vor Übermut am liebsten umgestoßen. Sie hatte heute, am sogenannten Heiligen Abend, noch drei Termine. Dann würde sie zu Ferdinand fahren. Es würde nicht leicht sein, ihm nichts von ihrem Deal mit dem Literaturkritiker zu erzählen. Ihr Triumph sollte Ferdinand überraschen. Damit würde sie ihn gewinnen.

5. Der schöne Ferdinand

Wenn das Geschäft heute blühte, hatte sie es Ferdinand zu verdanken. Als Lametta bald nach der Auflösung der alten DDR nach Westdeutschland ging, war sie sicher, mit ihren in Ostberliner Devisenhotels erworbenen Fähigkeiten im Westen ein gutes Auskommen zu finden. Anfang der neunziger Jahre zog sie nach Frankfurt. Von Frankfurt an der Oder nach Frankfurt am Main – die Vorstellung gefiel ihr. Frankfurt am Main war eine Stadt, in der sich Liebe gut verkaufen lassen würde.

Die Konkurrenz aber war hart, und Lametta konnte nicht Fuß fassen. Sie nahm Kontakt zu Kunden auf, die sie im Osten glücklich gemacht hatte. Doch die waren reserviert, sie wagten nicht, hier im Westen um dieselben harmlosen Liebesdienste zu bitten, nach denen sie im Osten ungeniert verlangt hatten.

Der Name »Lametta« entfaltete keinen Zauber, er schien die lüsternen Männer eher zu irritieren. Als sie ihre Liebeskünste unter ihrem wirklichen Namen Helga annoncierte, schwieg das Telefon noch grausamer. »Helga kommt auch zu dir.« Aber keiner rief nach ihr.

Nach einem Jahr, in dem sie wenig verdient hatte und dazu bestohlen, betrogen und geschlagen worden war, gab sie auf und nahm eine Stelle bei der Telefonauskunft an. Doch schon drei Monate später wurde sie entlassen, weil sie mit manchen Anrufern kurz plauderte und schäkerte, anstatt sich darauf zu beschränken, die gewünschte Nummer aus dem Computer zu holen und von einer automatischen Stimme ansagen zu lassen.

Bei der telefonischen Reiseauskunft der Bundesbahn war Lametta besser aufgehoben. Der Computer gab nicht immer die günstigste Lösung an. Hier konnte man noch individuelle Reiseverbindungen heraussuchen, auf Sonderwünsche eingehen und Ratschläge geben. Die Kunden fragten besorgt nach, notierten umständlich die Abfahrts- und Ankunftszeiten. Manchen merkte man ein altmodisches Reisefieber an, das Lametta rührte, weil es sie an die Unselbständigkeit vieler Menschen in der alten DDR erinnerte. Sie hatten Angst vor dem Verpassen von Anschlußzügen, es grauste ihnen vor dem Umsteigen mit den dicken Koffern. Diese Leute kamen ihr wie Verwandte vor, und sie war freundlich und geduldig mit ihnen.

Gelegentlich war Lametta schon gemahnt worden, weil sie sich mit den Anrufern zu viel Mühe gab. Eines Tages war ein Herr in der Leitung, der eine junge aber ungewöhnlich altmodische Stimme hatte. Eine Stimme wie ein Bühnenheld, fand Lametta, und sie stellte sich einen schönen Mann vor. Lametta war nie in Österreich gewesen, sie kannte den Akzent nur aus ein paar alten Filmen, die sie im Fernsehen gesehen hatte, konnte ihn aber nicht einordnen. Der Mann mit der freundlichen Heldenstimme hatte sonderbare Wünsche. Er plante eine Reise von Hamburg nach Berlin und wollte wissen, an welchen Bahnhöfen der herausgesuchte Zug hielt und ob man die Fenster öffnen könne. »Ist das so wichtig?« fragte Lametta. »Ich bitte Sie«, sagte der Mann, »es kann jemand zusteigen, man kann sich verlieben, es kann jemand aussteigen, und ich möchte nicht an einem geschlossenen Zugfenster Abschied nehmen.«

Das leuchtete Lametta ein. Es war nicht leicht herauszufinden, was die Züge für Fenster hatten. Schließlich brauchte der Mann noch einen Nachtzug von Berlin nach Palermo, wollte wissen, ob der über Nürnberg fuhr, ob und wie lange er dort hielt und ob es das alte Nürnberger Bahnhofsrestaurant noch gab. »Das kann ich Ihnen beim besten Willen nicht verraten«, sagte Lametta freundlich. »Trotzdem, Sie sind ein Schatz«, sagte der Mann, »Sie sind so geduldig.« Dann bat er sie nachzusehen, wie lange der Zug in München Aufenthalt habe und auf welchem Gleis. Das Gleis konnte ihm Lametta nicht sagen. Von Palermo sollte es weitergehen nach Paris und von dort schließlich zurück nach Hamburg. »Da habe ich eine günstige Verbindung mit Umsteigen in Antwerpen«, sagte Lametta, nachdem sie ein paar Minuten in ausländischen Kursbüchern und Datenbanken gewühlt hatte. »Interessante Rundreise planen Sie da«, sagte sie.

»Leider nur für meine Romanfiguren«, sagte der Held mit der Bühnenstimme.

Das fand Lametta noch aufregender. Sie bot ihm ihre Dienste an: »Wenn Sie wieder mal eine Verbindung brauchen...«

»... werde ich Sie nicht mehr erreichen«, sagte der Held. »Man wählt die Auskunft und landet immer woanders.«

Lametta verriet ihm einen Trick, und sie telefonierten täglich. Nach drei Wochen wurde Lametta entlassen. Es gelang ihr nicht, die langen Privatgespräche als rein geschäftliche Telefonauskünfte an einen Bundesbahngroßkunden glaubhaft zu machen.

Ferdinand kam aus Wien. Er sah tatsächlich aus wie ein Bühnenheld und gefiel ihr sehr gut. Er war groß, dünn und blaß, seine dunkelbraunen Haare standen zu Berge. Er hatte großen Liebeskummer. Zwei Frauen hatte er geliebt, beide waren ihm weggelaufen. Lametta verstand das nicht. So einen würde sie nie verlassen. Ferdinand lebte vom Schreiben. Er schrieb einen Roman über einen Mann, dem die Frauen weggelaufen waren und der sie wieder einfangen wollte. Dazu waren viele Bahnfahrten nötig.

Seinetwegen hatte man Lametta gekündigt. Er fühlte sich verantwortlich. Seine Fürsorge tat ihr gut. Sie besuchte ihn häufig. Daß er sich ihr nicht näherte, fand sie schade, ungewöhnlich, aber auch verständlich. Er hatte eben noch diese Frauen im Herzen. Das ehrte ihn. »Wir müssen etwas für dich finden«, sagte er, und er sprach von einem Computerkurs.

Lametta hatte ihre Hostessenvergangenheit zunächst verschwiegen. Den feinen Ferdinand, glaubte sie, könnte das abstoßen. Dann erzählte sie ihm doch davon. Er hörte ernst mit geweiteten Augen zu, und Lametta fürchtete schon, er könnte sagen: Verlaß meine Wohnung, Hure! Doch weder verstieß er sie, noch glaubte er sie jetzt als Freiwild benutzen zu dürfen. Er nahm sie liebevoll in den Arm und sagte: »Ein Computerkurs ist vielleicht doch nicht das Wahre.«

6. Der Untergang der Welt

Der brüllende Literaturkritiker mochte ein furchtbarer Dichter sein, sympathisch an ihm fand Lametta, daß ihm alles Weihnachtliche zuwider war. Er nannte sie »Fräulein Helga«. Den Namen Lametta fand er albern. »Lasziv ist gut, Lametta ist schlecht«, sagte er und wünschte, wenn er Fräulein Helga rief, keinerlei weihnachtliche Hinweise und Anspielungen in ihrer Garderobe. Das Christenfest des Friedens und der Liebe bezeichnete er mit erfrischender Verachtung als »Kokolores«. Gut daran war nur, daß er während der ruhigen Feiertage Zeit fand, sich um seine eigene Dichtung und Wahrheit, sein literarisches autobiopornographisches Großprojekt, zu kümmern.

Der nächste Kunde war anders. Es war der dicke Umweltschützer aus Sachsenhausen, der sie an einen Steinpilz erinnerte. Ein Steinpilz ist nicht sexy. Aber er fand es sexy, wenn Lametta ihr Lamettaglitzerkleid trug. Auch er konnte, wie fast alle ihre Kunden, Weihnachten nicht ausstehen, aber, wie fast alle ihre Kunden, kam er nicht ohne ein paar weihnachtliche Zeichen aus. Das Ritual bestand für ihn nicht im Feiern von Weihnachten, sondern in seiner symbolischen Erledigung.

Zu diesem Zweck mußte Lametta ihr Lamettakleid tragen. Sie hatte verschiedene Lamettakleider, verschieden kurze und verschieden lange. Alle waren eng. Die metallene Haut schmiegte sich an ihren schlanken Körper und machte aus ihr eine silbrige Schlange. Es war ihre Berufskleidung, ihr Markenzeichen geworden.

Vor vier Jahren war sie mit ihrem ersten Lamettakleid vor Ferdinand gestanden und hatte ihn gefragt: »Was bedeutet denn nun ›lasziv‹?« Ferdinand hatte ein Lexikon geholt und vorgelesen: »Lasziv: eigentlich zügellos, bildungssprachlich für aufreizend, verworfen, bewußt schwül-erotisch, mit einer an Anstößigkeit grenzenden Sinnlichkeit.« Er hatte aufgeblickt und sie betrachtet. »Doch, das kommt hin.«

Die Lamettakleider waren nicht sehr haltbar. Die schönsten und laszivsten waren die empfindlichsten. Sie waren aus klassischem Lametta gefertigt. Zinnlegierung mit Bleizusatz. Sie fielen am schönsten. Auch Lametta, das Messing und Aluminium enthielt, ließ sich weben und zu Kleidern verarbeiten, die aber dann etwas sperrig waren und die Körperformen nicht so malerisch umflossen. Dann gab es noch das Kunststoffdekorlametta aus Silberfolie. Das war am billigsten. Kleider aus diesem Material waren unverwüstlich, aber man schwitzte in ihnen und fühlte sich wie in einer Faschingsverkleidung.

Die lasziven Lamettakleider wurden in Südindien in kleinen Fabriken hergestellt, die auf das Weben und Verarbeiten von Lamé und Paillettenstoffen spezialisiert waren. Sie wären sonst unbezahlbar gewesen. Zwanzigtausend Mark kostete der Spaß pro Jahr. Aber im Verhältnis zu Lamettas Einnahmen vom ersten Advent bis Silvester war das nichts.

Der Verkehr in der Stadt nahm nun, da der Nachmittag in den Weihnachtsabend überging, merklich ab. Die Brücke über den Main war frei. Als Lametta im Frankfurter Stadtteil Sachsenhausen angekommen war, hatte sie noch eine Viertelstunde Zeit bis zu ihrem Termin bei dem totalperversen Umweltsteinpilz. Parkplätze gab es heute genug. Sie fuhr zu einem Café, bestellte einen doppelten Espresso, nahm ihren kleinen Koffer, ging auf die Toilette, zog ihr schwarzes Samtkleid aus und ein langes Silberkleid aus schwerem Blei-Zink-Lametta an. »Wow«, sagte der Ober, als sie ins Café zurückkam. »Sie sehen aus wie aus einem Film von Lubitsch!«

Sie bestellte ein Taxi. Dieses Modell war sehr empfindlich und Lametta wollte damit nicht selbst Auto fahren. »Viel Spaß«, sagte der Ober und half ihr in den Mantel.

Der perverse Umweltsteinpilz war seit dem letzten Jahr noch schwammiger geworden. Er empfing sie mit arabischer Musik, half ihr aus dem Mantel, küßte ihre Hand und sagte bewundernd: »Mein Gott!«, als Lametta silbern vor ihm stand. Dann begann das Ritual. Der Steinpilz trug einen Hausmantel, wie ihn Lords und Detektive in englischen Filmen tragen, und nahm Platz in einem Sessel. Auf einem Tisch daneben stand ein Glas und, schon geöffnet, eine Flasche Sekt aus ökologischem Weinbau. Lametta trank während der Arbeit keinen Alkohol. Der Steinpilz klatschte in die Hände, schlürfte Sekt und lehnte sich zurück.

Lametta bewegte sich schlängelnd nach den Rhythmen der arabischen Musik. Nach etwa fünf Minuten rief der Steinpilz: »Jetzt!«, und Lametta begann sich aus ihrem Kleid zu schälen. Das dünne Metallgewebe riß dabei. Sie kam sich vor wie eine Schlange, die sich häutet, legte den Kopf nach hinten. Langsam rutschte das Kleid von ihren Schultern. Sie ließ sich Zeit. Es gefiel ihr, sich derart zu entkleiden. Sie wurde lüstern dabei. Als ihr ziemlich makelloser Oberkörper frei war, nahm sie ihre beiden schönen festen Brüste in ihre schönen festen Hände, drückte sie, öffnete die Lippen dabei einen Spalt, lächelte dem Steinpilz verschleiert zu und züngelte – eine einfache Standardgestik der Verführung, die immer wirkungsvoll ist.

»Schluß jetzt!« rief der Steinpilz. Aufgeregt sprang er hoch und ging auf Lametta zu. Er zerrte an dem von den Hüften malerisch herabhängenden Oberteil des Silberkleides und versuchte ungeschickt, die enge Beinpartie nach unten abzustreifen. Dabei kauerte er zu Lamettas Füßen in der Haltung eines Schneiders, der ein langes Kleid absteckt. Seufzend ließ sie es geschehen. Er war so unerotisch. Sie wäre jetzt gern gierig aus dem Kleid geschält und gefickt worden, wenn auch nicht gerade von diesem Steinpilz, sondern lieber von Ferdinand. Oder auch von dem Ober, der ihr vorhin in den Mantel geholfen hatte. Die Musik, der Tanz und der Strip hatten sie heiß gemacht. Statt dessen würde sie jetzt wie in den Vorjahren die lächerliche Abart des Umweltnarren erdulden müssen, ohne in schallendes Gelächter auszubrechen, denn das ertrug er nicht.

Nun hatte er es geschafft, das Lamettakleid bis zu ihren Füßen abzustreifen. Er befreite erst den linken, dann den rechten Fuß aus dem Silberknäuel auf dem Boden, aber anstatt dabei Lamettas einzigartige Fesseln zu bewundern, hob er das silbrige Kleiderknäuel auf und trug es zu einer der kleinen Stubenmülltonnen, die er neben dem Bücherregal stehen hatte. Er öffnete die orangerote Tonne mit der Aufschrift »Sondermüll« und stopfte das Kleid hinein. »Weg mit dir, du schlimmes, schlimmes Schwermetall!« schrie er mehrmals und schlug und drückte mit der Faust wütend in die kleine Stubentonne. Er schluchzte dabei ekstatisch, und Lametta schloß nicht aus, daß er so etwas wie einen Umweltschutzorgasmus erlebte. Sie machte ihn darauf aufmerksam, daß Lametta Aluminium und Blei enthielt und schlug ihm vor, sich bis zum nächsten Mal eine Heimabfallmetalltrennschmelzanlage zu besorgen. Der Steinpilz nickte ergeben und sagte: »Sie haben recht, wir tun alle noch immer viel zu wenig für eine saubere Zukunft.«

Die nackte Lametta öffnete ihren kleinen Koffer, entnahm ihm ein anderes Silberkleid, diesmal ein kurzes, und schlüpfte hinein. »Auf zur nächsten Entsorgung«, sagte sie. Der Steinpilz steckte ihr sechstausend Mark zu, aber sie schüttelte den Kopf. »Diese Kleider werden immer teurer.« Seufzend legte der Steinpilz fünfhundert und, auf Lamettas weiteres Kopfschütteln, noch einmal fünfhundert Mark nach. »Also dann, bis zum nächsten Weihnachten«, sagte Lametta beim Gehen. Da weinte der Steinpilz und sagte: »Hoffentlich gibt es unsere Erde in einem Jahr noch, es geht ja alles kaputt.«

7. Der gute Ruf

Nach ihrem Besuch beim Umweltsteinpilz war Lametta wie immer frustriert. Nach so viel erotischem Müll hatte sie ein Bedürfnis nach ganz gewöhnlichem Sex. Ihr nächster Kunde wohnte nur wenige Häuser weiter. Ein ganz normaler Informatiker, dessen Frau Weihnachten immer bei ihrem ersten Mann, einem Arzt, und den gemeinsamen Kindern in Bad Homburg zubrachte.

»Endlich«, sagte der Informatiker, als Lametta bei ihm im Flur stand. Er streifte ihr den Mantel ab und nahm sie in die Arme. »Du faßt dich an wie eine Eidechse«, sagte er, trug sie ins Schlafzimmer, warf sie aufs Bett und fragte: »Hast du schon einmal Eidechsen beim Ficken zugeschaut?« Lametta schüttelte den Kopf. »Er beißt sie verliebt in den Nacken und peitscht sie mit seinem Schwanz«, sagte der Informatiker.

Lametta stand auf. »Erst muß ich wie immer meinen Kontrollgang machen«, sagte sie. Er nickte. »Du wirst nichts finden«, sagte er. Sie ging durch die Wohnung und kam zurück aufs Bett. »Alles in Ordnung«, sagte sie, »keine Kerzen, keine Tannenzweige, kein Lebkuchen – die Wohnung ist absolut weihnachtsfrei.«

Er drehte sie auf den Rücken, ließ seine Fingerspitzen sachte auf dem glatten Silbereidechsenkleid von ihren Schultern abwärts bis zum unteren Saum herabgleiten, trennte dann das Kleid mit einem einzigen plötzlichen

Riß von unten bis oben auf und küßte ihre Brüste. »Wo bleibt der Nackenbiß?« sagte Lametta.

Sie mochte den Informatiker, aber sie dachte doch an Ferdinand. Damals vor vier Jahren, als sie seinetwegen die Stelle bei der telefonischen Reiseauskunft verloren und ihm ihre DDR-Hostessenvergangenheit gebeichtet hatte, war Ferdinand ganz ruhig geblieben. Er sah zwar aus wie ein Bühnenheld, der aus der Fassung geraten muß und schreiend verzweifelt, wenn er erfährt, daß seine Geliebte schon einmal von einem anderen Mann berührt wurde, und der sich sofort mit Gift und Dolch das Leben nimmt, wenn er gar hören muß, daß sie verschiedenen Männern für Geld zu Willen war. Doch Ferdinand hatte keinen Aufstand gemacht, sondern entzückend gelächelt.

»Wie«, hatte Lametta ungläubig gefragt, »du verachtest mich nicht?«

»Die Zeiten sind besser geworden«, sagte Ferdinand, »die klassischen Tragödien sind passé.« Dann entwikkelte er rasch einen Plan. »Deine ganz persönliche Ausbildungsförderungsmaßnahme«, sagte er, »nur für dich.«

Der Name Lametta sei die halbe Miete, fand Ferdinand. Vor nicht allzu langer Zeit hatte er eine Reportage über das Frankfurter Rotlichtmilieu verfaßt und wußte daher, daß in der Weihnachtszeit eine große Marktlücke in der Branche klaffte. »Es herrscht eine Mordsnachfrage nach käuflicher Liebe, und es gibt viel zu wenig Angebot«, sagte Ferdinand. In der Weihnachtszeit würden die härtesten Huren sentimental, die gefragtesten Callgirls, die schicksten Lack- und Ledernutten, die ausgefuchstesten Masseusen und Hostessen würden in diesen Wochen bieder und feierten mit ihren unehelichen Kindern ersten, zweiten, dritten und vierten Advent und schließlich Weihnachten, ehe sie sich Anfang Januar in alter Frische wieder ihren Freiern hingäben. »Hast du uneheliche Kinder?« fragte er. Lametta schüttelte stolz den Kopf.

Das war Ende November Anfang der neunziger Jahre gewesen. Die berühmte Wende hatte Lamettas Leben nur verschlechtert. Zu DDR-Zeiten war es ihr besser gegangen. Sie kuschelte sich an Ferdinand. Er legte seinen Arm freundlich um ihre Schultern und sagte mit seinem schönsten Wiener Heldenakzent: »Du kannst mir vertrauen, in drei Wochen bist du Top, Spitze, ganz oben.«

Viele Männer sprachen so. Sie glaubte ihm nicht, aber hörte es gern. Drei Wochen später brach sie zu ihrem ersten Besuch auf. Lametta kannte keine Angst. Gespannt und selbstsicher machte sie sich auf den Weg. Das erste obligatorische Lamettakleid war damals von einer türkischen Änderungsschneiderin in einer Nachtaktion zusammengeheftet worden. Bald war Silvester, und Lametta zählte ihr Geld, das sie bei Ferdinand unterm Bett in einem Koffer verwahrte. Es waren einhundertsiebenundneunzig Tausendmarkscheine. Die Fünfhunderter, Zweihunderter und Hunderter zählte sie nicht. Sie warf sie in die Luft und weinte vor Glück. »Siehst du«, sagte Ferdinand und lächelte. Als sie sah, daß er nicht so glücklich war wie sie, bremste sie ihre Freude und verbarg ihre Trauer. Sie hätte ihm gern die Frauen zurückgekauft, die ihn verlassen hatten.

Ferdinands Konzept war aufgegangen, und zwar besser als er selbst gedacht hatte. Die weihnachtliche Liebesmarktlücke war größer als erwartet. Tausende von Großstadtbewohnern waren von allen Formen des Weihnachtenfeierns bedient. Ja, auch die verschiedenen Formen des Nichtfeierns hingen den Leuten zum Hals heraus. Sie wollten weder Konsumorgien noch Konsumverzicht, weder Marzipan noch Gänsebraten. Sie wollten keine langen Samstage mehr. Sie wollten nichts schenken müssen und auch nichts mehr geschenkt bekommen. Sie wollten sich aber auch nicht auf die südliche Erdhalbkugel verdrücken und damit diesem idiotischen Weihnachten die Bedeutung eines ernstzunehmenden Feindes geben, der einen in die Flucht schlägt. Sie wollten mit dem gottverdammten Christenfest nichts mehr zu tun haben.

Ferdinand hatte kurz vor dem ersten Advent in zwei Stadtmagazinen und in den beiden seriösen Zeitungen der Stadt an der richtigen Stelle eine kleine, aber auffällige Anzeige aufgegeben:

LAMETTA LASZIV
Der gute Ruf

Dazu eine Telefonnummer. Der Vorteil dieser fünf Worte war, daß die üblichen Anrufe von all den debilen

Geilärschen entfielen, mit denen Callgirls gewöhnlich traktiert werden, wenn sie ihre Liebesdienste wenig verschlüsselt inserieren. Ferdinands Anzeigenformulierung sprach nur Personen an, die einen gewissen Sinn für Ironie und Wortspiele hatten und denen einfache Fremdworte geläufig waren. Nur drei Anrufer glaubten, es handle sich um ein Angebot von besonderem Weihnachtsbaumschmuck. Einer von ihnen dachte, lasziv heiße »dehnbar« und interessierte sich für diese neuartige Form des Flitters.

Ferdinand nahm die Anrufe entgegen. Er gab sich als Privatsekretär von Lametta Lasziv aus, notierte Voranmeldungen und Sonderwünsche, nannte Tarife und koordinierte die Termine. Was man sich unter einem Besuch von Lametta Lasziv vorstellen solle, war eine Frage, die ihm häufig gestellt wurde. »Was erwarten Sie denn?« fragte Ferdinand zurück.

Langsam gewann er ein Bild davon, was Lametta bieten sollte. Es gab bei vielen Interessenten ein Bedürfnis nach Blasphemie und Frivolität. So träumten manche Männer in ihrem Ekel vor dem ewig keuschen Weihnachtsfest von einem lasziven Lamettakleid, dessen Anfertigung Ferdinand daraufhin sofort in Auftrag gab. Unzumutbar abartige Wünsche, wie etwa der, die gerufene Dame möge Engelsflügel am Rücken tragen und mit möglichst lasziven Bewegungen den Weihnachtsbaum schmücken, lehnte Ferdinand rigoros und deutlich ab: »Sie sind an der falschen Adresse. Bei uns wird gefickt, nicht geschmückt!«

»Lametta ruft Sie an, wenn sich noch ein Besuch ermöglichen läßt«, sagte er ins Telefon, wenn alles soweit geklärt war. Die verheirateten Anrufer erschraken. Sie wollten verständlicherweise nicht zu Hause angerufen werden. Ferdinand beruhigte die ängstlichen Gemüter: »Ich bitte Sie, sie wird sich mit ›Lametta‹ melden, und falls Ihre Frau am Apparat ist, wird sie gerührt sein, denn jede Gattin würde erfreut ein überraschendes Weihnachtsgeschenk vermuten – für das Sie allerdings tatsächlich sorgen sollten, sicherheitshalber und überhaupt.«

Kurz vor dem ersten Advent hatte Ferdinand dann Lametta eine Besuchsliste in die Hand gedrückt. Sie war bei siebzehn Professoren angesagt, bei achtundzwanzig Bankern, davon vier Vorstandsmitglieder, bei fünf Gewerkschaftsführern, elf Kirchenleuten, darunter zwei katholische Bischöfe, bei vierzehn Fabrikanten und Unternehmern, zehn Großhändlern, achtzehn Immobilienhändlern, sieben Baulöwen, vier Polizeibeamten aus dem höheren Dienst, dreizehn Offizieren, davon vier aus dem Generalstab, bei dreiundzwanzig Zeitungsleuten, davon fünf Chefredakteure, sowie bei sechs Kommunal-, drei Landes- und zwei Bundespolitikern. Ferner bei sechzehn vermögenden Lesbierinnen ohne nähere Berufsbezeichnung und bei neun sogenannten aufgeschlossenen Ehepaaren. Lametta blickte fassungslos auf die Liste: Einhundertsechsundachtzig Termine in knapp vier Wochen, wenn sie richtig gezählt hatte.

»Richtig«, sagte Ferdinand, »aber zwei Drittel der

Termine werden erfahrungsgemäß platzen. Männer verläßt der Mut. Bleiben noch sechzig. Mindesthonorar mit Anfahrt zweitausend Mark. Macht Hundertzwanzigtausend. Extras kosten extra. Gratuliere. Du hast es geschafft.«

Der Informatiker war, nachdem er Lametta eine gute halbe Stunde sehr zufriedenstellend geliebt, gebissen, gestreichelt und auch das Kunststück fertiggebracht hatte, sie wenigstens andeutungsweise wie die von ihm beschworene männliche Eidechse mit seinem Schwanz zu peitschen, ermattet eingeschlafen. Da lag er und schnarchte selig und sah nicht aus wie ein Mensch, der mit Zahlen umgeht.

Das kurze Silberkleid hatte das heftige Abstreifen schadlos überstanden. Es handelte sich um das neue argentinische Lametta. Es war offenbar widerstandsfähiger, man mußte sich die Quelle merken. Das Portemonnaie des Informatikers lag griffbereit auf dem Nachttisch. Lametta entnahm ihm zwei Tausendmarkscheine. Auch wenn die Arbeit ein Vergnügen war, mußte sie korrekt bezahlt werden. Sie freute sich auf Ferdinand. Jetzt noch der stockkonservative Chefredakteur und vielleicht der schielende Masomann, dem eine große Brauerei gehörte. Dann war Schluß für heute.

Auf dem Weg zum Auto kam sie an einem miesen Stehausschank vorbei. Die Tür war offen, man konnte hineinsehen. Ein paar Männer lehnten am Tresen und betranken sich mit deutschem Weinbrand. Lametta traute ihren Augen nicht. Auf dem einzigen Stuhl in dem engen Raum saß eine nicht mehr junge Nutte oder Verrückte, die sich als Weihnachtsmann beziehungsweise Weihnachtsfrau verkleidet hatte. Der Pelzmantel war aus der Kleiderhilfe. Neben ihr stand ein zahmes Reh und schaute genauso verloren wie seine seltsame Herrin. Sie dürfte von Tür zu Tür gegangen sein, um etwas Geld zu sammeln. Wenn sie ihr Glas Tee geleert hätte, würde sie weiterziehen. Die Trinker, die sonst so häßlich und laut redeten, waren in Gegenwart der ungewöhnlichen Erscheinung scheu und leise geworden.

Lametta ging ein paar Schritte weiter, dann machte sie kehrt, betrat den muffigen Raum, bestellte einen Obstschnaps, kippte ihn hinunter, zahlte und verließ den Stehausschank, nachdem sie der Weihnachtsfrau die kurz zuvor so mühelos verdienten zweitausend Mark zugesteckt hatte.

8. Gier nach Geld

Es war jetzt kurz vor acht Uhr abends. Lametta hatte gut verdient. Nicht nur heute. Die ganze Adventszeit über hatte das Geschäft gekocht. Morgen, am ersten Weihnachtsfeiertag, hatte sie nur drei Termine. Dann waren am 26., 27., 28., 29. und 30. Dezember noch Besuche bei den Kunden fällig, die von Lamettas Laszivität lieber in der unmittelbaren Nachweihnachtszeit Gebrauch machten.

Sie hatte das Geld noch nicht gezählt, das sie wie in den Vorjahren in dem Koffer unter Ferdinands Bett bewahrte. Sie rechnete es immer erst an Silvester zusammen. Es war abzusehen, daß es trotz oder wegen aller Wirtschaftsflauten in ihrem Geschäft keine Einbrüche gegeben hatte. Vielmehr schien der bisherige Jahreszuwachs von zwanzig Prozent diesmal auf fünfundzwanzig bis dreißig gestiegen zu sein. Der allgemeine Wunsch nach Sex zur Weihnachtszeit nahm zu, und die Konkurrenz im Bereich der käuflichen Liebe nutzte die Gunst der Stunde noch immer nicht. Manchmal kam sich Lametta vor wie eine einsame Streikbrecherin. Von einer Lücke im Markt konnte keine Rede mehr sein. Ein riesiger unerschlossener Markt war es, auf dem sich Lametta tummelte.

Während sie sich auf den Weg zum stockkonservativen Chefredakteur machte, hörte sie eine Musikkassette mit Hits aus ihrem Geburtsjahr 1965, die ihr Ferdinand zusammengestellt und heute morgen zu ihrem einunddreißigsten Geburtstag geschenkt hatte. *There is a rose in Spanish Harlem* – sie hätte gern eine Stimme wie diese Sängerin. Männer singend verrückt machen, das wäre einmal etwas anderes.

Sie freute sich auf Ferdinand. Er hatte ihr zu Glück und Glanz verholfen, jetzt würde sie sich revanchieren. Er sollte seinen verdienten Erfolg bekommen. Der brüllende Literaturkritiker würde ihn hochjubeln. Dafür hatte sie gesorgt.

There is a rose in Spanish Harlem – die Melodie war eine einzige Umarmung. Lametta fragte sich, ob sie die beiden heute noch fälligen Termine nicht absagen sollte. Sie würde sechstausend Mark verdienen, die sie nicht brauchte. Es war längst genug Geld da. Es ist nicht Geldgier, die mich treibt, sagte sie sich. Geldgier war ihr zuwider. Soviel Antikapitalismus war noch in ihr. Sie hatte früher im Osten nie verstanden, warum die Westleute mit dem Geldverdienen nicht aufhören konnten. Jetzt ging es ihr ebenso. Es war eine Art Pflichtgefühl. Auch mochte sie ihren Beruf. Sie hatte ihre komischen Kunden gern.

Und doch trieb auch Lametta eine geradezu boshafte Geldgier. Nicht nur das Bezahltwerden, auch das Zahlenlassen machte ihr Spaß. So zufrieden es sie auch machte, daß sie der trostlosen Weihnachtsfrau mit ihrem Reh vorhin zwei Tausender zugesteckt hatte, wurmte der Verlust sie doch auf unangenehme Weise, und sie war entschlossen, sich die verschenkte Summe bei ihren jetzt noch fälligen Auftritten von ihren ahnungslosen Kunden zurückzuholen. Sie mußten für ihre Mildtätigkeit büßen. Das Geld im Koffer, das Geld in der Schweiz war uninteressant. Nur das frisch- und frech- und frivolverdiente Geld machte Spaß. Lametta war eine Sammlerin. Sie sammelte Geld. Die Sammlung ist für den Sammler schön und gut und beruhigend. Das belebende und erregende Glück aber lag für Lametta nicht im Haben, sondern im Nehmen.

Für den Masomann würde sie sich noch etwas ausdenken müssen. Er legte großen Wert auf Pünktlichkeit, also könnte es ihn quälen, wenn sie zu früh käme. Lametta hielt an und holte ihr transportables Telefon hervor. Sie fand es affig, während des Fahrens zu telefonieren. Die Türkisfarbe war widerlich. Sie mußte den Apparat gegen einen grauen eintauschen. Der stockkonservative Chefredakteur am anderen Ende war gut gelaunt. Er hatte nichts dagegen, wenn Lametta eine Stunde später käme.

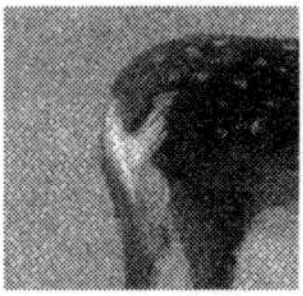

9. Beim masochistischen Brauereibesitzer

Der masochistische Brauereibesitzer gehörte zu Lamettas ältesten Kunden. Er war lieb und nett, sein Tick aber machte ihr Mühe. Er haßte Christbäume, Krippen, Weihnachtslieder und alle anderen gutbürgerlichen Requisiten und Rituale des Heiligen Abends, weil ihm als Kind der einzige wirklich dringende Weihnachtswunsch nicht erfüllt worden war. Er konnte den Geruch von Bier nicht ausstehen und hatte schon als Sechsjähriger auf einem Wunschzettel das Christkind darum gebeten, niemals die väterliche Brauerei übernehmen zu müssen. Dazu war er zu seinem Ärger als einziger Sohn und Bruder von fünf älteren Schwestern ausersehen.

In den ersten zwei Jahren hatte der Brauereibesitzer von Lametta mit Lametta ans Bett gefesselt und mit Lametta gepeitscht werden wollen. So wollte er sich sein Weihnachtstrauma austreiben lassen. Damals noch unerfahren im Umgang mit solch sonderbaren Wünschen, hatte sie ihm den Gefallen getan. Das erste Mal war eine Katastrophe gewesen. Das dünne Lametta riß, die Fesseln hielten nicht, das Peitschen tat nicht weh, sie mußte lachen und der Brauereibesitzer war beleidigt. Wenn sie schon lache, solle sie bitte grausam lachen. Dieses heitere Gelächter sei der Tod seiner Wollust. Bei ihrem Weihnachtsbesuch im Jahr darauf kam sie mit südafrikanischem Speziallametta, sehr grob, aber fest. Eine

Chrom-Nickel-Vanadium-Legierung. Diesmal hielten die Fesseln, und die Hiebe erhielten den gewünschten Schmerz. Doch Lametta unterbrach plötzlich ihr Peitschen. Sie hatte nichts gegen einen gepflegten Sadomasochismus, aber bitte lieber mit Leder und nicht mit Lametta. Das fand sie kitschig. »Wer bin ich denn!« fluchte sie wütend. »Such dir eine andere, du verdrehter Sack!« Ihr Zorn war echt und entschädigte den Brauereibesitzer ein wenig für die so brutal unterbrochenen Hiebe. »Überlaß es mir, wie ich dich behandle«, sagte sie streng, und er nickte gehorsam. Ein Jahr später hatte dann die Frau des Brauereibesitzers bei der Weihnachtsaustreibung mitgemacht. Sie wollte ihrem Mann in seinem Leiden nahe sein.

Lametta hatte noch keine Idee, was sie mit dem Brauereibesitzer heute anstellen könnte. Um halb elf sollte sie kommen und dreimal klingeln. »Überraschen Sie mich bitte«, hatte er mit großen Augen schielend gesagt. Nun war es halb neun als sie am Eingang seiner Villa stand. Vielleicht wäre das eine Überraschung. Sie klingelte einmal. Ein Hund bellte, ein Kind öffnete und rief nach hinten: »Onkel, das Christkind!« Lametta hatte ihren Mantel geöffnet, das hauteng anliegende Silberkleid, das der Informatiker eben noch als eidechsenscharf empfunden hatte, wirkte mit seinem Glitzern auf das Knäblein offenbar heilig.

Der Brauereibesitzer kam, schielte und erschrak. »Sie sind zu früh«, sagte er entsetzt. Seine Mutter war da, seine Tanten, Onkel, Neffen, Nichten. »Schon recht«, sagte Lametta und ging kühl an ihm vorbei in den Salon, in dem drei Neunzigjährige, fünf Achtzigjährige und ein paar Kinder saßen. Ein neunzigjähriger Greis deutete auf Lametta und brüllte einer achtzigjährigen Greisin ins Ohr: »Was ist denn das für eine wunderhübsche Frau?« Der Brauereibesitzer litt Qualen. Das mußte ihm als Masomann gefallen.

»Ich bin der Weihnachtsengel«, sagte Lametta, »aber ich muß mich wundern. Was ist das für ein gottloses Haus! Wo ist denn hier der Christbaum?«

»Sehr richtig!« riefen die Achtzig- und Neunzigjährigen. »Wo ist der Christbaum?«

Lametta wandte sich an den Brauereibesitzer und ließ ihre Stimme schneidend werden. »In zwanzig Minuten steht hier ein Christbaum, sonst werde ich ungemütlich. Auf den Weihnachtsmärkten gibt es noch genug. Los!«

»Bravo!« riefen die Greisinnen und Greise. »Endlich wird hier für Sitte und Tradition gesorgt.«

Nach zwanzig Minuten kam der Brauereibesitzer schwitzend und schnaufend mit einer Tanne an. Die Greise und Kinder klatschten.

»Schmücken!« befahl Lametta der Frau des Brauereibesitzers. Die wand sich. »Los! Ich weiß, daß gewisse Silberfäden im Haus sind.« Lametta ließ nicht locker. »Und nette kleine Kerzen will ich flackern sehen!«

Als der Baum im Lichterglanz erstrahlte, hielt sich der Brauereibesitzer verzweifelt die Augen zu. Lametta zischte ihm zu: »Augen auf und singen! Drei, vier: ›O du fröhliche…‹«

Die Kinder und Greise fielen sofort ein, zunächst etwas zaghaft. »Soll das ein fröhliches Weihnachtslied sein?« rief Lametta dazwischen. Der Gesang wurde nach der Mahnung etwas temperamentvoller. Der Brauereibesitzer hielt sich die Ohren zu und biß sich auf die Lippen. Das war sie, die Hölle des Heiligen Abends. Der Albtraum seiner Kindheit. Dieses entsetzlich inbrünstige Jubilieren, diese niederträchtige Stimmungsmache. Lametta stieß den Leidenden in die Rippen: »Los! Mitsingen!«

Es wurden noch einige Klassiker abgesungen. »Ihr Kinderlein kommet«, »Stille Nacht«, »O Tannenbaum«. Danach war der Brauereibesitzer am Ende. Er verschwand, übergab sich, kam extrem schielend wieder und sagte zu Lametta: »Jetzt ist mir besser.« Es war die härteste Tortur, die er je hatte erdulden müssen. »Die reine Katharsis«, sagte er, wischte sich den Schweiß von der Stirn, suchte nach seinem Portemonnaie und gab Lametta fünf Tausender. »Eine echte Katharsis«, sagte Lametta, »ist mehr wert, ich wette, Sie sind ihr Trauma ein für allemal los, während ich unter der verhaßten Zeremonie am meisten gelitten habe – aber nicht gern.«

»Verstehe«, sagte der Brauereibesitzer, »Sie wollen Schmerzensgeld.« Und er legte zweitausend Mark drauf.

10. Der unbelehrbare Belehrer

Schon um zehn Uhr war Lametta beim stockkonservativen Chefredakteur. Er empfing sie jovial: »Muß mal wieder was für den guten Ruf tun.« Ihn kannte sie noch aus ihrer Zeit als Devisenhotelhostess in Ostberlin. Damals war sie neunzehn und er sechsundfünfzig. Er war herablassend gewesen, aber kein schlechter Liebhaber. Er hatte schon damals so eine Art gehabt, die DDR als das letzte Loch zu bezeichnen, daß man sich gezwungen fühlte, das ungeliebte Land widerwillig zu verteidigen.

Heute, zwölf Jahre später, wollte er nicht mehr mit Lametta schlafen, er wollte sich aber noch immer gönnerhaft und belehrend über die DDR äußern. Seit sechs Jahren existierte diese Republik nicht mehr, aber sie blieb sein Thema. Die Art, wie er fast lüstern von den Machenschaften der Stasi raunte, war selbst völlig stasihaft. Er benutzte Lametta als Zuhörerin und fand ein Vergnügen daran, ihr seine unoriginellen reaktionären Ansichten und Kenntnisse so mitzuteilen, als seien es Wahrheiten, die sie nicht kennen konnte. Er erteilte Unterricht und brauchte eine Schülerin. Den Spaß ließ er sich etwas kosten.

Diesmal erklärte er Lametta, die fünfundzwanzig Weihnachten in der DDR erlebt hatte, blind vor Belehrungslust, daß auch in der DDR Weihnachten gefeiert wurde. Trotz Marx und seiner nicht ganz unzutreffenden Bemerkung von der Religion als Opium fürs Volk. Es habe von offizieller Seite lachhafte Versuche gegeben, das alte Ritual zu säkularisieren. So seien am Weihnachtsbaum hängende Engel von eifrigen Sprachschöpfern der volkseigenen Betriebe »geflügelte Jahresendzeitfiguren« genannt worden, sagte er triumphierend.

»Ich habe nicht in Australien gelebt in der Zeit, ich weiß das«, entgegnete Lametta mit spürbarer Ungeduld. Die aberwitzige Bezeichnung sei kein gutes Beispiel für den Aberwitz der DDR, fuhr sie fort. Kein normaler Mensch habe die Bezeichnung »geflügelte Jahresendzeitfigur« je in den Mund genommen. Es gebe schließlich auch im Westen Kunstworte, die es mit den Kreationen des abgeschmierten Ostens durchaus aufnehmen könnten. Sie finde Produktbezeichnungen oder Worte aus der Amtssprache wie »verstellbare Aufprallschutzvorrichtung«, »kommunale Rasenmäherlautstärkenrichtlinienveränderung« oder auch nur »sensorengesteuerte Sicherungsfensterheber« oder »verkehrswidriges Abbiegen« nicht weniger absurd als die berühmte »geflügelte Jahresendzeitfigur«.

»Sei meine geflügelte Jahresendzeitfigur, sei mein süßes kleines Stasihasi«, sagte der stockkonservative Chefredakteur plötzlich und setzte sich mit lächerlichen Erwartungen zu Lametta auf das Sofa.

»Wenn du mehr von mir willst, als mich mit deinen blöden Besserwissereien zu ärgern, mußt du erst mal Begrüßungsgeld und Solidaritätszuschlag und Strafe für unbefugtes Belehren nachzahlen«, sagte sie kühl, kassierte und ging. Dieser verstockte Mann, der früher in seiner Zeitung täglich vor dem Gespenst des Kommunismus gewarnt haben mußte, konnte auch nach dessen Hinscheiden an nichts anderes denken.

Sie hatte in der diesjährigen Weihnachtszeit bisher zirka achtzig Kunden betreut. Fast alles Verdrehte. Nur ein halbes Dutzend Mal war es zu normalen Intimitäten gekommen. In den Tagen nach Weihnachten würde sie noch etwa zwanzig Besuche machen.

Das war wieder ein Rekordjahr. Mit vierhunderttausend Mark war mindestens zu rechnen. Sie fuhr zu Ferdinand. Er hieß eigentlich Ferdinand Mödl, aber Lametta nannte ihn »Ferdinand von Wien«, weil er ja aus der österreichischen Hauptstadt kam und so vornehm aussah. Manchmal sagte sie »Ferdinand, Freier von Wien«, obwohl er leider nicht ihr Freier oder ihr Liebhaber war. Eher ihr Edelzuhälter, ihr Berater und Geldverwalter. Er hatte sie zu dem gemacht, was sie war. Zu Lametta Lasziv, zu einer Institution, zur Marktführerin im Bereich erotischer weihnachtlicher Begierden.

Ferdinand hatte sie beschworen, die elf Monate, in denen sie ihren Kundendienst nicht verrichtete und das Feld den Callgirlkolleginnen überließ, sinnvoll zu nutzen. Nach dem Abitur hatte sie begonnen, Informatik zu studieren. Sie hatte einen klaren Verstand. Ferdinand aber hatte seine Karriere als Schriftsteller vernachlässigt, fand Lametta. Vor lauter Liebeskummer kam er mit seinem Liebeskummerroman nicht weiter, und weil er schon seit längerem nicht mehr mit einer Neuerscheinung von sich reden gemacht hatte, las kein Mensch Ferdinands zwölf wunderbare Bücher, die bereits existierten und nun in Vergessenheit geraten waren. Das sollte sich ändern. Lametta war sicher, daß ihr heutiger Besuch beim brüllenden Literaturkritiker Wirkung haben würde. Wenn nicht, würde sie noch einmal rabiat nachhelfen.

Die Pfannkuchensuppe, mit der Ferdinand sie empfing, war genau das, wonach sich Lametta den ganzen Tag über gesehnt hatte. Altes Wiener Rezept. Nachdem sie den Teller leergelöffelt und eine Flasche Rotwein getrunken hatten, faßte Lametta Mut und sagte: »Ich gefalle dir nicht.«

Da schaute Ferdinand von seinem Glas auf, blickte in ihr Gesicht und sah, daß sie schön war und reif. Vier Jahre lang hatte er das nicht bemerkt. Sie setzte sich auf seinen Schoß, er betastete ihr Lamettakleid und sagte: »Hey, das fühlt sich aber an!« Dann begann er, ihr das Kleid langsam abzustreifen, trug sie ins Bett und erkannte sie.

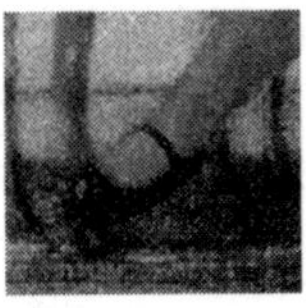

Epilog

Nach der Nacht mit Ferdinand fielen Lametta die zwischen den Jahren noch fälligen Besuche nicht leicht. Sie war zu ihren Kunden hart und ungeduldig. Die meisten mochten das. Am Silvesterabend zählten Lametta und Ferdinand das Geld im Koffer unter dem Bett. Es waren vierhundertdreiundneunzigtausend Mark. Ein bißchen schmerzte es Lametta, daß es keine runde halbe Million geworden war.

Anfang Januar fuhren sie nach Zürich, deponierten die Einkünfte auf einem Nummernkonto und machten sich schöne Tage und Nächte in einem Hotel. »Daß ich so lange nicht bemerkt habe, wie schön du bist!« sagte Ferdinand. »Gott sei Dank«, sagte Lametta, »ich wäre nie lasziv geworden, wir wären arme Schlucker, und ohne Geld verkümmert die schönste Liebe.« Ferdinand küßte ihren Schoß. »Materialistinnen sind die märchenhaftesten Frauen«, sagte er, als er wieder auftauchte, streichelte ihr Gesicht und dachte nach. »Was ist?« fragte sie. »Du warst früher nicht so schön«, sagte er, »du warst ein bißchen zu jung und zu leer. Deswegen habe ich dich nicht erkannt. Das professionelle Verkaufen von Liebe hat dich erst zu dem gemacht, was du jetzt bist.«

Wieder in Frankfurt, fiel Ferdinand auf, daß Lametta in den Feuilletons aller möglichen Zeitungen blätterte. »Seit wann interessierst du dich für das Geseich?« fragte er, der von allen Feuilletons nur enttäuscht worden war. »Och«, sagte Lametta. Wenn der brüllende Literaturkritiker ihrem Diktat nicht Folge leisten sollte, würde sie ihm das fette Gesicht zerkratzen. Bis Ende Januar hatte die ihm Zeit gegeben.

Am letzten Samstag im Januar wurden Ferdinand und Lametta morgens um halb neun vom Telefon geweckt. Eine Fernsehredaktion bat höflich um einen Drehtermin. Lametta und Ferdinand verstanden nicht. »Falsch verbunden«, sagte Lametta, und Ferdinand küßte sie: »Daß man das noch sagt«, meinte er, »›falsch verbunden‹, wo einen kein Fräulein vom Amt mehr verbindet.«

Die Fernsehredaktion war nicht falsch verbunden. Sie hatte auch nicht falsch gewählt. In der Samstagsbeilage der seriösesten Zeitung war eine Doppelseite über Ferdinands bisher unbeachtete Romane. Ein Donnerschlag. Lametta hätte das fette Gesicht des Literaturkritikers abknutschen mögen. Er hatte wie ein Löwe gebrüllt und Ferdinand als den ganz großen Dichter hingestellt. Er revidiere sein Urteil, daß in der deutschsprachigen Literatur keine erschütternden Werke mehr entstünden. Ferdinand sei die leuchtende Ausnahme. Im Abseits sei ein grandioses Werk entstanden, wie es eben nur ungestört vom lauten Lob und Tadel des eifrig wertenden Feuilletons entstehen könne. Er tat so, als habe er Ferdinands Werk genauestens verfolgt, und bisher bewußt nicht rezensiert, um diesen außergewöhnlichen Autor, der die Bezeichnung »Dichter« wahrhaft verdiene, mit seiner Begeisterung nicht zu irritieren und auf eine falsche Bahn zu locken. Die Verkennungsphase sei sicher hart gewesen, aber sie habe sich bezahlt gemacht.

»Der Idiot!« sagte Ferdinand.

»Du solltest ihm dankbar sein«, sagte Lametta.

»Es ist zu spät, jetzt fällt mir nichts mehr ein.« Ferdinand schüttelte den Kopf. »Frust macht nicht groß, sondern klein. Ich habe keine Lust mehr zu schreiben. Dein Zuhälter zu sein macht mehr Spaß und ist einträglicher.«

»Aber ich kann meine verklemmten Kunden nicht mehr sehen. Ich habe vom Kundendienst die Nase voll«, sagte Lametta.

Da machten sie einen Plan.

Das Fernsehen kam und drehte einen Film über den so lang verkannten Ferdinand, der genau die Bücher geschrieben und veröffentlicht habe, deren Fehlen seit Jahren beklagt werde. Die Medien seien blind gewesen. Reumütig klopfte man sich an die eigene Brust und lobte den brüllenden Literaturkritiker als den einzigen, auf den Verlaß sei, der noch eine Nase für wirkliche Qualität habe. Er sei eben selbst mehr ein Schriftsteller als ein Kritiker. Man dürfte sich nicht wundern, wenn er plötzlich mit einem belletristischen Werk debütiere.

Ferdinand lächelte raffiniert und bescheiden erst in die Fernsehkamera, dann in achthunderttausend Wohnzimmer von Kultursendungszuschauern und sagte, was er mit Lametta ausgeheckt hatte: Er freue sich, daß seine

Romane nun Aufmerksamkeit und nette Auflagen erführen, doch komme die Anerkennung insofern etwas spät, als er keine Bücher mehr selbst schreibe. »Wie das?« fragte der Reporter aufgeregt dazwischen. Er lasse jetzt schreiben, sagte Ferdinand wienerisch-geheimnisvoll, er beobachte die Medien mit Skepsis aber nicht unaufgeschlossen und habe sich entschieden, ein Romanprojekt, das ihm nicht recht gelingen wolle, ins Internet zu stellen, wo es von den literarisch interessierten Internetnutzern zu Ende geschrieben oder endlos weitergesponnen werden könne. Ein Liebesroman, wo der Held den Frauen hinterherjage, die ihn verlassen hätten, und es sei ihm mittlerweile egal, ob er sie und welche er wieder zurückgewinne, das sollten die Leser beziehungsweise Internetsurfer selbst entscheiden.

Mit einem Schlag wurde Ferdinand als Verkannter bekannt und entzog sich gleichzeitig elegant dem stürmischen Interesse, indem er behauptete, dem Buch auf Wiedersehen gesagt zu haben. »Auf Wiedersehen heißt«, fügte er hinzu, »man trifft sich wieder.«

Sein Verleger kam und küßte ihn und brachte Schecks mit, denn Ferdinands alte Romane wurden jetzt viel gelesen. Andere Verleger und Justitiare tauchten auf und führten mit Ferdinand juristisch komplizierte Verhandlungen wegen des Internetromans, an dem sie großes Interesse hatten, weil das ein Novum war und keiner eine Chance verpassen wollte.

Ferdinand und Lametta nahmen den Rummel nicht ernst. Weil sie noch nie in New York gewesen waren, flogen sie dorthin. Lametta packte all ihre schicken, scharfen und empfindlichen Lamettasilberkleider ein und erregte selbst in dieser Stadt, die an den Anblick schriller Garderobe gewöhnt ist, einiges Aufsehen. »Jeden Abend werde ich dir ein Silberkleid vom Leib reißen«, sagte Ferdinand. Sie verschlissen dann aber täglich drei Kleider, während weltweit fünfhundert Literaten an Ferdinands Liebesroman weiterschrieben und von Neuseeland bis Kanada Internetdiskussionen darüber führten, welche der ungetreuen Frauen aus dem Romanentwurf wie reumütig zum Helden zurückkommen sollte.

Lametta hatte keine Lust mehr, in der kommenden Weihnachtszeit wieder »anschaffen zu gehen«, wie sie sagte. Ferdinand nickte: »Ich lasse schreiben, und du sollst anschaffen lassen.«

»Lametta Lasziv – Der gute Ruf« war längst zu einem Markenzeichen, zum Inbegriff eines ungewöhnlichen und begehrten Weihnachtenfeierns geworden. Der Name war Gold wert. Ferdinand traf einen seriösen Herrn aus der Frankfurter Rotlichtdynastie und führte Verkaufsverhandlungen.

»Verpachten«, sagte Lametta und lächelte süß sozialistisch. »Für fünf Jahre.« Der Rotlichtboss wollte anfangs nur eine Million zahlen. Ferdinand machte ihm klar, daß auch andere Frauen, wenn sie nur geil und gebildet genug wären, Lamettas Job ausüben könnten und welche Summen sich in den wenigen Weihnachtswochen einfahren ließen. Er versprach ihm eine Kundenkartei mit mehreren hundert Personen, eine dreimal so lange

Warteliste und die Adressen der besten Lamettaherstel-ler und günstigsten Lamettawebereien und -schneide-reien. Darauf wurde man bei drei Millionen handelseins. Dazu gab es einen Beratervertrag für Lametta über zehntausend Mark im Monat, auch um sicherzustellen, daß der Kundschaft der Liebesdienst in gewohnter Qualität zukommen würde. Das Christentum war so ungeil. Endlich würde etwas Sex in das unsinnliche Fest der Liebe gebracht werden.

Ferdinand überlegt bereits, ob er den Amis, die das Weihnachtsfest »Xmas« nennen, nicht den Namen »seX-mas« verkaufen soll. Im übrigen hat er schon das nächste literarische Internetprojekt im Kopf. Literaten lenken ist leichter als selber schreiben.

Der brüllende Literaturkritiker hat Lametta stolz das Manuskript seiner Autobiopornographie geschickt. Ferdinand kürzt den Text gerade, um die schlimmste Blamage zu verhindern. Er hat dem Mann einiges zu verdanken. Daneben lernt er Klavier spielen. Lametta hat brav das Informatikstudium mit einem Diplom beendet, nimmt Gesangsunterricht und frappiert den Lehrer mit ihrer von Mal zu Mal lasziver werdenden Soulstimme. In der kommenden Weihnachtszeit wollen Lametta und Ferdinand in verschiedenen Großstädten auftreten.